Johann Heinrich Deinhardt

Leben und Charakter des Wandsbecker Boten Matthias Claudius

als Beilage zu seinen Werken

Johann Heinrich Deinhardt

Leben und Charakter des Wandsbecker Boten Matthias Claudius
als Beilage zu seinen Werken

ISBN/EAN: 9783743618909

Hergestellt in Europa, USA, Kanada, Australien, Japan

Cover: Foto ©Raphael Reischuk / pixelio.de

Manufactured and distributed by brebook publishing software (www.brebook.com)

Johann Heinrich Deinhardt

Leben und Charakter des Wandsbecker Boten Matthias Claudius

Leben und Character

des

Wandsbecker Boten Matthias Claudius

als

Beilage zu seinen Werken.

Von

Dr. Johann Heinrich Deinhardt

Director des Gymnasiums zu Bromberg.

Gotha,
Friedrich Andreas Perthes.
1864.

Der Mann, dessen Leben und Character ich der geehrten Versammlung*) heute zu schildern versuchen werde, Matthias Claudius, gehört zu der großen Zahl bedeutender Geister, die in der zweiten Hälfte des vorigen Jahrhunderts besonders in Kunst und Wissenschaft ein ganz neues Leben in Deutschland erweckten, ja unser Vaterland an die Spitze der Cultur der Menschheit stellten. Claudius kann zunächst klein und unbedeutend erscheinen, wenn man ihn mit den wirklich schöpferischen Geistern jener Zeit zusammenstellt, — etwa mit einem Lessing und Kant, oder mit Schiller und Göthe, oder auch nur mit Klopstock und Herder. Aber je näher man ihn betrachtet und je genauer man ihn kennen lernt, desto mehr gewinnt er an Werth, ja man wird, wenn man ihn ganz durchschaut, nicht umhin können, auch ihm eine Originalität und Selbstständigkeit zuzuschreiben, die durch jene glänzenden Erscheinungen keineswegs schon ersetzt wird und die in ihrer Art gewiß kräftig und segensreich fortwirken wird, so lange ein deutsches Volk besteht und die Früchte seiner Lite-

---

*) Diese Abhandlung wurde ursprünglich in einer Versammlung von Herren und Damen vorgetragen.

ratur zu verwerthen weiß. Wie in einem reichen Blumengarten das Veilchen zunächst ganz zurücktritt gegen Rosen, Lilien, Levkoyen und andere glänzende Blumen; aber dann, wenn man sich genauer orientirt und jedes nach seinem Werthe abgeschätzt hat, nur um so mehr wegen seines lieblichen Duftes, wegen seiner sanften Farbe und selbst wegen seiner bescheidenen Verborgenheit geschätzt und geliebt wird, so gewinnt auch Claudius selbst neben jenen großen Geistern in demselben Maaße an eigenthümlichem Werthe und unvergleichlicher Würde, je tiefer man ihn kennen lernt und in seine Art sich zu finden weiß. Ja er wird Einem zuletzt zu einem Typus des Guten und Wahren in einer Sphäre, die von keinem unserer großen Geister in derselben Vollkommenheit und Reinheit vertreten wird, als von Claudius. Uebersieht man nämlich das Leben unseres Claudius im Großen und Ganzen, so findet man, daß seine Wirksamkeit, wie sie sich in seinen gesammelten Werken darstellt, allerdings sehr mannigfaltig ist, daß sich aber durch alles noch so Mannigfaltige ein Geist und Zweck hindurchzieht und sich niemals verleugnet. Claudius ist Dichter, Humorist, Satiriker, Critiker, Sprachenkenner, Uebersetzer, Gelehrter, Popularphilosoph und er ist in allen diesen Beziehungen keineswegs unbedeutend; aber was wäre er denn als Dichter neben Schiller und Göthe, als Philolog und Gelehrter neben Wolf, als Critiker neben Lessing und Herder, als Uebersetzer neben Voß und A. W. Schlegel oder gar als Philosoph neben Kant?

Er ist in allen diesen Beziehungen ein Stern zweiter und dritter Größe neben jenen Sternen erster Größe, die ich genannt habe. Aber alle diese Offenbarungen des Claudius'schen Geistes berühren als solche noch nicht den Kern seines Wesens, sondern dienen nur als äußerliche Mittel dazu, um das Innerste seines Wesens darzustellen und zu veranschaulichen. Dieses Innerste seines Wesens ist die sittlich-religiöse Idee. Diese Idee ist die Seele alles seines Seins und Thuns; um diesen Punkt dreht sich Alles, was er denkt und dichtet, was er erstrebt und will, was er erlebt und erarbeitet. Er dichtet nicht, um zu dichten, sondern um das Gute und Wahre, was seine Seele erleuchtete, in einer gefälligen und anmuthigen Form den Menschen an's Herz zu legen; die Schönheit kommt ihm erst nach der Wahrheit. Er hat in seinem Leben viel gelesen, studirt und gelernt; aber er hat nicht gelernt, um zu lernen, er hat die Gelehrsamkeit nicht um ihrer selbst willen gesucht, sondern er hat die Literaturen der Völker durchforscht, um überall Keime und Formen des Guten und Wahren zu finden und sich und Anderen zum Eigenthum zu machen. Er hat viel aus fremden Sprachen übersetzt, aber immer nur solche Schriften, von denen er die positive Ueberzeugung hatte, daß sie die sittlichen und religiösen Anschauungen seiner deutschen Zeitgenossen beleben und läutern würden, und sehr häufig gerade solche, die mit dem herrschenden Zeitgeschmack in directem Widerspruche standen. Er ist ein klarer, bestimmter und scharfer Denker; aber er

denkt nicht, um etwa nur seine Neu- und Wißbegier
zu befriedigen oder gar nur um seinen Scharfsinn zu
zeigen, sondern ihm gilt es, das vernünftige und verständige Denken aufzubieten, um das Göttliche und
Ewige im Menschen zu erkennen und Irrthümer zu
widerlegen. Claudius ist ein Humorist und Satiriker,
und zwar einer der namhaftesten von denen, die wir
ernsten Deutschen haben; aber er verwendet seine
joviale Ader nicht dazu, um nur mit seinem Witze zu
glänzen oder Andere zum Lachen zu bringen, sondern
um die Fehler und - Schwächen seiner Zeit in ihrer
Nichtigkeit darzustellen und dadurch etwas zur allgemeinen Besserung beizutragen. Diese sittlich-religiöse
Natur ist des Claudius eigentliche, wahre Natur; sie
darzustellen in Scherz und Ernst, in Poesie und Prosa,
dogmatisch und critisch', durch eigene Production und
durch Reproduction dessen, was Andere darüber gedacht
haben: das war die Bestimmung des Wandsbecker
Boten, und diese Bestimmung hat er trotz Einem er-
reicht, sowohl in seiner öffentlichen Wirksamkeit als in
seinem Privatleben. Als ethischer Character steht er wahr-
haft groß da und größer als die meisten seiner großen
Zeitgenossen. Dieser ethische Character macht ihn allein
unsterblich in unserer Literatur und ist allein der Grund,
daß seine Werke immer wieder neu aufgelegt und von
einem großen Theile unserer Zeitgenossen mit Liebe
und Belehrung gelesen werden, während die Werke von
anderen Schriftstellern, die mit Claudius gleichzeitig
lebten und ihn damals durch ihren Ruhm bei weitem

überstrahlten, wie z. B. die Werke Wieland's und selbst Klopstock's bei dem allgemeinen Publicum fast gar keinen Anklang mehr finden und hauptsächlich nur noch beim Studium der Literaturgeschichte gewürdigt werden. Das Ethische und Religiöse und der lebendige Zusammenhang beider ist demnach das Licht, in welchem das Wesen und Wirken des Claudius recht begriffen werden kann, und in diesem Lichte werde ich daher auch in dieser Vorlesung den vortrefflichen Mann betrachten. Ich werde aber zu dieser Betrachtung vorzugsweise und beinahe ausschließlich seine Schriften, die in 8 Theilen bei Friedrich Perthes erschienen sind und ihn rein und vollständig darstellen, benutzen; nebenbei aber manche Nachrichten über ihn von seinen Freunden, wie sie sich namentlich in manchen veröffentlichten Briefen vorfinden, auch das Leben seines Schwiegersohnes Friedrich Perthes von dem Professor Clemens Perthes in Bonn, in welchem sehr oft und tief eingehend von Claudius und seiner Familie die Rede ist und in welchem namentlich der reiche Geist, die lebhafte Phantasie und der edle und fromme Character der ältesten Tochter des Claudius, der Frau von Friedrich Perthes, in dem liebenswürdigsten und interessantesten Lichte erscheint; endlich habe ich zu meinem Vortrage noch eine ausführliche und lehrreiche Biographie des Claudius von Wilhelm Herbst benutzt, die 1857 in Gotha erschienen ist. — Doch ehe ich zur eigentlichen Sache, nämlich zur innern Würdigung von Claudius' Person und Wirksamkeit übergehe, muß ich einige

Notizen über seinen äußeren Lebensgang vorausschicken, die besonders dazu dienen sollen, um zu begreifen, auf welchem Wege und durch welche Mittel und Einflüsse sich Claudius zu der Gestalt entwickelte, in welcher wir ihn in seinen Schriften finden. Matthias Claudius ist geboren den 15. August 1740 zu Reinfeld im Holstein'schen, wo sein Vater Prediger war. Auch die Vorfahren desselben waren Prediger in Schleswig-Holstein, und keine Familie hat diesen Herzogthümern so viele Prediger gegeben, als diese Familie Claudius, und zwar bis zur Reformationszeit hinauf. Von seiner Jugendzeit wissen wir nur sehr wenig. Claudius selbst hat es nicht für der Mühe werth gehalten, von seiner Jugend viel Redens zu machen, und andere Zeugen von seiner Jugendzeit, als ihn selbst, haben wir nicht. Daß sein Vater ein äußerst trefflicher Mann gewesen ist, können wir aus der Liebe und Dankbarkeit des Sohnes gegen ihn schließen. Sein Lied auf den Tod seines Vaters ist voll von der tiefsten Empfindung und Dankbarkeit. Es heißt darin unter Anderem: „Ach, sie haben — Einen guten Mann begraben, — Und mir war er mehr; Träufte mir von Seegen, dieser Mann, — Wie ein milder Stern aus beßern Welten! — Und ich kann's ihm nicht vergelten, — Was er mir gethan."

Eben so wenig wissen wir von seiner Gymnasialzeit, die er zu Plön verlebte. Er scheint sich dort hauptsächlich mit den alten Sprachen und mit der Mathematik beschäftigt zu haben. Zu beiden Disciplinen

blieb er Zeitlebens in einem fruchtbaren Verhältniß.
Wie sehr er des Griechischen mächtig war, zeigt eine
Uebersetzung von Plato's Apologie, die in seine Werke
aufgenommen worden ist. Und in der Mathematik
gab er noch später, als er sich bereits in Wandsbeck
niedergelassen hatte, Privatunterricht. Aus der Art
und Weise, wie er über gewisse Lehren scherzt, die ihm
die Schule über die Poesie gegeben, könnte man schließen,
daß ihm manches Antiquirte und Pedantische gelehrt
worden sei. Er spricht in dieser Beziehung oft von
einem Herrn Ahrens, der ihm solche Lehren gegeben,
was aber jedenfalls ein fingirter Name ist. Als
Klopstock's Oden erschienen, in denen bekanntlich keine
Reime gebraucht werden, gab Claudius eine äußerst
treffliche Recension, in der uns die komische Figur des
Herrn Ahrens zuerst begegnet. Es heißt dort von Klopstock's Oden: „Nein, Verse sind das nicht: Verse müssen sich reimen, das hat uns Herr Ahrens in der
Schule gesagt. Er stellte mich vor sich hin, als er's uns
sagte und zupfte mich an dem Ohr und sprach: H i e r ein
O h r und h i e r ein O h r, das reimt sich, und Verse müssen
sich auch reimen; aber Herr Ahrens, Herr Ahrens, da hat
Er mir etwas weiß gemacht." 1759 ging er mit einem
älteren Bruder auf die Universität nach Jena, um
dort Theologie zu studiren; doch gab er dieses Studium
auf und wandte sich der Jurisprudenz zu, da er Blut-
speien bekam und die Anstrengung des Predigens nicht
vertragen zu können glaubte. Es ging ihm in dieser
Beziehung wie dem guten Gellert, der wegen seiner

schwachen Brust nicht Prediger einer Gemeinde werden konnte, dafür aber ein Lehrer und Prediger von ganz Deutschland wurde. So ist auch Claudius ein Lehrer und Prediger für die ganze deutsche Nation geworden. Daß er sich auf der Universität und später sehr viel mit Sprachen und Literatur beschäftigte, geht daraus hervor, daß wir ihn bald als einen Kenner von einer beträchtlichen Zahl von Sprachen finden. Er verstand außer den alten Sprachen das Französische, das Englische, das Spanische, das Dänische, das Holländische und Schwedische. Er widmete sich auf der Universität aber auch der poetischen Production und gab unter dem Namen: Tändeleien, einen Band von Gedichten heraus. Er selbst hat diese Jugendversuche nicht für so wichtig gehalten, daß er sie später in seine gesammelten Werke aufgenommen hätte. Nur einem einzigen von diesen Gedichten hat er diese Ehre zu Theil werden lassen, welches allerdings auch einen originellen Gedanken in einer gefälligen Sprache veranschaulicht. Es hat die Ueberschrift: An eine Quelle, 1760, und lautet so:

Du kleine grünumwachsne Quelle, an der ich Daphne jüngst gesehn,
Dein Wasser war so still! so helle! Und Daphne's Bild darin, so schön.
O, wenn sie sich noch mal am Ufer sehen läßt,
So halte du ihr schönes Bild doch fest.
Ich schleiche heimlich dann mit nassen Augen hin,
Dem Bilde meine Noth zu klagen;
Denn, wenn ich bei ihr selber bin,
Dann, ach! dann kann ich ihr nichts sagen.

Doch sowohl die Schule als die Universität bereiteten die originelle Bildung, die wir nach wenigen Jahren an ihm finden, erst vor. Seine innerste Gabe und Anlage wurde erst vollständig entwickelt und zu Tage gefördert, als er mit der Gährung und dem Umschwung, den damals unsere deutsche Literatur erlitt, in lebendige Berührung trat.

Ihm wurde das seltene und außerordentliche Glück zu Theil, daß er ein paar Jahre nach seiner Universitätszeit mit den drei größten Reformatoren unseres deutschen Literaturlebens in die fruchtbarsten Beziehungen, ja in vertrauten Umgang und freundschaftliches Vernehmen trat. Diese drei Bahn brechenden Männer sind: Klopstock, Lessing und Herder. Nachdem nämlich Claudius nach der Universitätszeit bis zum Jahre 1764 in dem väterlichen Hause in Reinfeld gelebt hatte, wurde er Secretär bei einem Grafen Hollstein in Copenhagen, und hier lernte er Klopstock kennen und wurde so vertraut mit ihm, daß Klopstock, auch als er sich nach Hamburg übergesiedelt hatte, ein Hausfreund der Claudius'schen Familie wurde und z. B. die Hochzeit des Wandsbecker Boten und 25 Jahre später die silberne Hochzeit desselben in persönlicher Gegenwart mitfeierte. Klopstock's Wesen berührte den Geist des Claudius auf's Innerlichste. Die edlen und hohen Gesinnungen, von denen Klopstock beseelt war, und sein Enthusiasmus für die großen Ideen: Gott, Vaterland, Tugend und Freundschaft fanden auch in Claudius einen lebendigen Wiederhall. Weil Klopstock das Ideal war, welches die Mitglieder der so=

genannten Göttinger Dichterschule, z. B. Voß, die Stolberge, Miller, Hölty, Boie u. A. zusammenhielt, so trat Claudius auch zu diesen Männern in freundschaftliche Beziehung, lieferte Beiträge zu dem Göttinger Musenalmanach, den erst Boie und dann Voß herausgab, und wird daher auch häufig zu der Göttinger Dichterschule gerechnet, obgleich er niemals in Göttingen gelebt hat, auch damals viel älter und reifer an Geist und Character war, als die Vertreter der Göttinger Dichterschule. Wie begeistert Claudius für Klopstock und seine Weise war, zeigt seine schon oben angeführte, höchst originelle und lesenswerthe Recension von Klopstock's Oden. So tiefen Eindruck aber auch die großen Eigenschaften und Tugenden Klopstock's auf Claudius machten, so hielt er sich doch frei von dessen Fehlern; die abstracte Unendlichkeit, die oft weiter nichts ist als Unbestimmtheit, das Schwelgen in hohen Empfindungen, das einseitige Drängen auf das Jenseits, das Geltendmachen der Persönlichkeit und Anderes, was wir an dem sonst trefflichen Mann finden, hat Claudius nicht mit aufgenommen. Dazu war Claudius eine viel zu verständig angelegte Natur. Diese verständige Seite seines Wesens, also Klarheit, Schärfe und Bestimmtheit, eine objective Auffassung der Verhältnisse, eine sichere Beobachtung und Unterscheidung des Wesentlichen, wurde in Claudius besonders durch seinen Umgang mit Lessing und durch das Studium von Lessing's Schriften ausgebildet, denn die genannten Eigenschaften besaß Lessing im eminentesten

Grade und wurde dadurch das größte critische Genie Deutschlands und vielleicht aller Zeiten. Claudius ging nämlich im Spätherbst 1768 als Mitarbeiter an den sog. Adreßcomtoirnachrichten nach Hamburg und traf dort neben einer beträchtlichen Zahl anderer Männer von Bedeutung Lessing, der damals gerade als Dramaturg an dem dortigen vortrefflichen Theater wirkte, trat mit ihm in ein genaueres Verhältniß und ließ seinen Geist auf sich wirken. Mit welchem Jubel er Minna von Barnhelm und Emilie Galotti aufnahm, erkennen wir aus seinen Schriften und veröffentlichten Briefen, und er hatte auch sonst vor dem Kopfe Lessing's den größten Respect. In dem Streite Lessing's mit dem Hauptpastor Götze stand Claudius auf Lessing's Seite, da ihm alles Hierarchische und Denuntiatorische, wie es Götze hatte, in der Seele zuwider war. Claudius selbst focht einen Kampf mit Götze aus, da dieser den Freund des Claudius, den Prediger Alberti, wegen seines Buchs: Anleitung zum Gespräch über die Religion, in einer Predigt heftig angegriffen hatte. Götze hatte das Alberti'sche Buch besonders deshalb verketzert, weil die Lehre vom Teufel darin nicht enthalten war. Claudius hat den Götze in einer humoristischen Disputation unter dem Vorsitz des Herrn Lars Hochedelgeboren abgefertigt. Claudius hielt auch dann noch fest an Lessing, als dieser seine Wolfenbüttler Fragmente herausgegeben hatte, obgleich sich immer mehr herausstellte, daß das Credo des Claudius ein anderes war, als das Lessing's. Die spaßhafte und doch von einem tiefen

Ernste ausgehende Besprechung der Wolfenbüttler Fragmente, die Claudius dem Bericht über seine Audienz bei dem Kaiser in Japan beigegeben hat, erhielt Lessing's Beifall, den dieser in einem besonderen Briefe ausdrückte. — Am längsten und innigsten verkehrte Claudius mit Herder, mit diesem universalen Feuergeiste, der eine Brandfackel nach der anderen in unsere Literatur hineinwarf und dem es vor Allen zuzuschreiben ist, daß in den 70er Jahren des vorigen Jahrhunderts in Deutschland jene große Gährung entstand, die man mit dem Namen der Sturm= und Drangperiode zu bezeichnen pflegt. Wie der Schmied das Eisen durch Feuer erweicht und flüssig macht, um ihm dann neue Formen zu geben, so wurden in der Gährung jener Zeit alle bisher befolgten Regeln und Gesetze, Sitte und Vertrauen negirt, um auf die Natur zurückzugehen und durch das ursprüngliche Element der Natur ein neues Leben zu begründen. Die Kategorie der Natur war eine der Hauptkategorieen, auf welche man sich in dieser Gährung berief. Man verstand darunter aber theils die äußere Natur, die wir mit unseren Sinnen wahrnehmen, theils aber und ganz besonders das Ursprüngliche in jedem Menschen, was er hat und ist, ohne daß er noch in Formen und Regeln eingeschnürt ist. Zur Natur zurückzugehen, seine Natur zur Darstellung zu bringen, betrachtete man als die Hauptaufgabe des Menschen. Viele gingen in dieser Revolution des geistigen Lebens zu Grunde, weil in ihrer inneren Natur nicht der Halt zu finden war, um eine so heftige Erschütterung ertragen zu können; aber Viele kamen auch durch diese Bewegung, der sie sich unterwarfen, zu ihrem wahren Selbst. Zu diesen Letzteren gehörte auch Claudius. In diesem Strudel des geistigen Lebens, der damals Deutschland durchrauschte und auch Claudius nicht unberührt ließ, wurde Alles, was er nicht selbst war, abgewaschen und sein innerstes Wesen zum Vorschein gebracht, in welchem er sich Zeitlebens gleich geblieben ist. Von welcher Art und Tiefe diese seine innere Natur war, ist schon oben kurz angedeutet worden und wird später noch genauer entwickelt werden. Hier habe ich noch zu erwähnen, daß mit seiner inneren Reife zu männlichem Geiste und Character auch sein äußerliches Leben eine feste Gestalt gewann, die ihm trotz vieler Noth und Sorge doch eine unerschöpfliche Freude und Ruhe gewährte.

Im Jahre 1771 siedelte sich nämlich Claudius nach Wandsbeck über, einem Marktflecken eine Stunde von Hamburg, um daselbst die Redaction eines von dem Buchhändler Bode begründeten Wochenblattes, welches den Namen des Wandsbecker Boten führte, zu übernehmen oder vielmehr die Redaction des literarischen Theils dieses Blattes, des sogenannten poetischen Winkels. So wurde denn Wandsbeck seine zweite und zwar geistige Heimath. Dieser Ort war ihm über Alles theuer; seine Schönheiten hat er in gar manchen Liedern besungen, dort kaufte er sich später auch an, hielt sich eine kleine Oekonomie, bekam

noch später auch in Altona ein kleines Amt,
freilich erst 1788, welches er von Wandsbeck aus be=
sorgen konnte, nämlich die Revision der Schleswig=
Holstein'schen Bank. Von diesem Orte erhielt er auch
seinen Beinamen: der Wandsbecker Bote. Dieser Ort
war ihm so an's Herz gewachsen, daß er nach ihm
förmliches Heimweh bekam, als er im Jahre 1776
durch Herder's Einfluß ein Amt in Darmstadt erhielt.
Getrieben von Heimweh, legte er dieses Amt nieder
und kehrte nach Wandsbeck zurück, das er dann bis an
sein Lebensende kaum auf einige Wochen wieder ver=
ließ. Von Wandsbeck aus wirkte er auf Deutschland
durch seine Schriften, dort führte er trotz mancher
Noth und selbst Nahrungssorgen ein glückliches und
heiteres Leben, dort liegt er auch begraben. Den ganzen
heimathlichen und das Gemüth erfüllenden Reiz erhielt
aber Wandsbeck für ihn vor Allem dadurch, daß er
dort seine Frau fand, die das höchste Glück seines
Lebens war, und daß er dort eine äußerst zahlreiche
Familie begründete, die in der freien schönen Natur
und im Schooße des edelsten ehelichen Lebens von ihm
auf's Beste und Vortrefflichste erzogen wurde. Da
dieses Asyl seines stillen Glückes vornehmlich durch
seine Frau begründet wurde, so muß ich ihr schon noch
einige Worte widmen. Es ist die in seinen Schriften
viel gefeierte und von Allen, die sie kannten, wie z. B.
von Herder, F. G. Jacobi, Voß u. A. hochgeehrte
Rebecca. Von ihr heißt es mit Bezug auf den Erz=
vater Isaac, der bekanntlich auch eine Rebecca zur Frau

hatte, in dem sogenannten silbernen A. B. C.: „Rebecca wählen ist Geschmack, nicht wahr, College Isaac?" Sie besingt er an ihren Geburtstagen, oder wenn sie ein Kind auf dem Arme hat, oder wenn sie die Kinder in's Freie führt, etwa um sich den Sonnenuntergang anzusehen, wie in dem schönen Gedichte, welches die Ueberschrift führt: Frau Rebecca an einem Maimorgen mit den Kindern. Von ihr heißt es in dem Gedichte, das er ihr an der silbernen Hochzeit am 15. März 1797 machte:

„Ich will nicht von Dir sagen, will nicht von Dir singen; Was soll uns Loblied und Gedicht? Doch muß ich heut' der Wahrheit Zeugniß bringen, Denn unerkenntlich bin ich nicht. Ich danke Dir mein Wohl, mein Glück in diesem Leben; Ich war wohl klug, daß ich Dich fand. Doch ich fand Dich nicht. Gott hat Dich mir gegeben; So segnet keine andre Hand.

Uns hat gewogt die Freude, wie es wogt und fluthet — Im Meer, so weit und breit und hoch! — Doch, manchmal auch hat uns das Herz geblutet, Geblutet.. Ach, und blutet noch Heut'. aber schlag' ich aus dem Sinn mir alles Trübe, Vergesse allen meinen Schmerz; Und drücke fröhlich Dich mit voller Liebe vor Gottes Antlitz an mein Herz."

Und doch war diese Frau ursprünglich nur so weit gebildet, als es die Mädchen eines kleinen Fleckens sein können, und Claudius nennt sie daher in einem Briefe an Herder scherzhaft sein Bauernmädchen; aber sie bildete sich rasch an ihrem Manne

heran, denn sie hatte viel Geist und Character, eine
herzliche Frömmigkeit, Lebensmuth und Fröhlichkeit.
Mit ihr schuf Claudius ein musterhaftes Familienleben,
das eben so sehr auf tiefer Sittlichkeit ruhte, als es
mit Lust und Heiterkeit auf's Schönste geschmückt war,
denn das waren die beiden Seiten in Claudius' Character, die er auch um sich und außer sich zum Ausdruck brachte. Alle, die zu ihm kamen, fanden in
seinem Hause fromme Sitte, Gehorsam, Fleiß; aber
auch eine Heiterkeit, Jovialität und Lustigkeit, wie man
sie selten findet. Dieser Humor ist, wie ich bald genauer augeben werde, auch in seinen Schriften reichlich
ausgegossen, doch wird er in den späteren Schriften,
namentlich nach der Revolution, immer seltener; dagegen in dem Kreise seiner Familie hat er ihn immer
behalten nach den Zeugnissen Derer, die Claudius be-
suchten, was von vielen Seiten geschah. Voß lebte
mit seiner Frau Jahre lang in Wandsbeck dem Claudius zu Gefallen. Auch F. H. Jacobi lebte lange dort
und übergab auch dem Claudius seine beiden Söhne
zur Erziehung. Auch von Hamburg und von vielen
anderen selbst weit entfernten Orten erhielt Claudius
häufig Besuche, und Alle fanden in ihm einen eben so
tief gemüthlichen, wie jovialen Genossen und eine glück-
liche Familie. Mittelst seines freien und heiteren Sin-
nes wußte er im Kleinsten ein Großes zu finden und
sich still und innig über Vieles zu freuen, wobei Andere
in der Regel gleichgiltig vorübergehn. Namentlich war
die Schönheit der Natur ihm und seiner Familie eine

unerschöpfliche Quelle der reinsten Freuden. Die Veränderungen in der Natur machte er nicht selten zu Familienfesten; zu diesen Familienfesten gehörte z. B. der Herbstling, der mit Bratäpfeln in der Familie gefeiert wird, wenn der erste Schnee fällt, worauf die Kinder genau aufpassen müssen und gern aufpassen, weil sie gern Bratäpfel essen. Es findet sich in seinen Werken eine humoristische Beschreibung dieses Familienfestes. Er spielte mit seinen Kindern auf seiner Wiese die possirlichsten Spiele und wußte Alles in Lust und Heiterkeit zu versetzen; z. B. wußte er durch seine sonderbaren Bocksprünge Alles zu belustigen. Namentlich war auch die Musik, die in der Claudius'schen Familie sehr geübt war, eine Quelle vieler Freuden. Er besaß aber die Gabe, namentlich den kleinen Vorfällen des Lebens eine heitere Seite abzugewinnen, und so wurde sein Leben eine Kette reiner Freuden. Er sagt selbst: „Das Große und Viele thut es nicht; wenn das die Leute nur recht wüßten, so würde ein groß Theil Ach! und Weh! weniger auf der Welt sein."

Aus diesem sicheren Hintergrunde eines wohlgeordneten und heiteren Familienlebens ließ nun der Wandsbecker Bote sein Licht fast ein halbes Jahrhundert über Deutschland leuchten, indem er eine Reihe von Schriften ausgehen ließ, in welchen er für das Gute und Wahre Zeugniß ablegte. Von diesen und von dem wesentlichen Inhalte derselben und dem Geiste, der alle belebt, habe ich nun näher zu sprechen. — Seine Schriften sind auch in so fern ein Gegenbild seines persönlichen

Lebens, als sich über dieselben das Licht der Heiterkeit verbreitet, die den tiefsten Ernst zu ihrem Hintergrunde hat. Wir wollen zuerst von der humoristischen Seite oder von dem humoristischen Theile seiner Schriften sprechen. Dieser Humor hat theils jenen unbefangenen Character, wonach er der Ausdruck eines in sich heiteren Gemüths ist, das Alles von der fröhlichen Seite nimmt; theils aber wird er zur Satire, um allerlei Lächerlichkeiten, Schwächen und Vorurtheile seiner Zeit an den Pranger zu stellen und so indirect das Wahre und Rechte zu ehren und ihm einen Dienst zu erweisen. — Wer den Claudius kennt, weiß auch, daß jener unmittelbare, unschuldige und gleichsam reflexionslose Humor namentlich die ersten Theile seiner Schriften durchdringt und bis in die letzten Fasern und feinsten Adern dieser geistigen Erzeugnisse sich verzweigt, so daß man, je öfter man diese Schriften liest, um so mehr Spuren dieses Humors findet und sich selbst an ihnen erheitert. Es ist dieser Humor eine ursprüngliche Gabe des Wandsbecker Boten, die wie alles Ursprüngliche nicht erst durch Studium und Reflexion erworben wird, sondern von Haus aus da ist und als etwas Ursprüngliches von Innen heraus leuchtet. Er war von Haus aus ein in sich heiterer, fröhlicher und jovialer Mensch, und als einen solchen offenbarte er sich in seinen Worten und Handlungen. Er bedient sich, um diesem Humor in seinen Schriften einen Ausdruck zu geben, der verschiedensten Mittel. Z. B. spricht er in drei Personen, nämlich als er selbst oder als Herr Asmus, sodann als Andres und endlich als sein Vetter. Der Vetter ist der Gelehrte in ihm, der sich etwas in den höheren Schulen und Wissenschaften umgesehen hat; Andres dagegen ist der gemeine Mann ohne viel Bildung, aber mit einem klaren und gesunden Menschenverstande ausgerüstet, und er selbst oder Herr Asmus steht in der Mitte zwischen beiden und repräsentirt so eine Art medium dicendi genus. Nun läßt er diese drei, namentlich den Herrn Vetter und Andres auf's Heiterste mit einander correspondiren; der Andres stellt sich dabei in der Regel etwas dumm, während der Herr Vetter über Alles Rath hat und Auskunft zu geben weiß. Unter die Stücke, die in seiner eigenen Mundart geschrieben sind, pflegt er auch wohl einen Stern zu setzen. Aber selbst über diesen Stern scherzt er auf's Drolligste. So sagt er: „Ob nun wohl also der Stern (*) mein Zeichen ist, so muß doch Niemand daraus denken, als ob ich ein Ritterband und einen Stern hätte. Ich habe keinen Stern. Die Sterne und hohen Ehrentitel sind beim Verdienst, was der Wetterhahn beim Winde ist. Wer einen großen Titel und Stern hat, der muß auch ein groß Verdienst haben, darnach richten sich die Potentaten beim Geben, und das sieht man auch an den meisten Herrn, die hohe Titel und Sterne haben; a Propos, hab wohl ehr'n Stern auf einer Brust gesehn, und in dem Gesicht darüber Harmpfoten und Verdruß, und da hab' ich denn so bei mir selbst gedacht, daß Titel und Sterne wohl nicht innerlich

müssen glücklich machen können. Das Seinige treu
thun, pflegte meine Mutter zu sagen, ist ein Stern,
der auf der bloßen Brust sitzt; die andern sitzen nur
am Latze." Viel Vergnügen gewähren oft auch die
drolligen Kupfer, die er zu seinen drolligen Reden
machen läßt; sie sind meistentheils von dem damals
berühmten Maler Chodowiecki in Berlin, doch manchmal
macht sie sich der Wandsbecker Bote auch selbst zu
Rechte und dann sind sie erst recht sonderbar. Als Herr
Asmus seinem Andres meldet, daß er nun drei Kinder
habe, da schreibt er erstlich sehr komisch und dann be=
gleitet er seine Worte mit einem eben so komischen
Bilde. Er schreibt: „Sonst thu' ich Dir noch berichten,
daß ich jetzo, Gott sei tausendmal Dank! drei Kin=
der habe und auf's andere halbe Dutzend losgehe.
Du kannst nicht glauben, Andres, was ein Fest es
für mich ist, wenn der Adebär ein neues Kind bringt,
und die Sach' nur glücklich gethan ist und ich's Kind
im Arm habe. Kann sich keine Truthenne mehr
freuen, wenn die Küchlein unter ihr aus den Eiern
hüpfen. Da bist Du, liebes Kind! sag ich dann,
da bist Du! sei uns willkommen! es steht Dir
nicht an der Stirn geschrieben, was in dieser Welt
über Dich verhängt ist, und ich weiß nicht, wie es
Dir gehen wird, aber Gottlob daß Du da bist! und
für das übrige mag der Vater im Himmel sorgen.
Dann herz' ich's, beseh's hinten und vorn und
bring's der Mutter hin, die nicht mehr denket der
Angst! und dann die alten Kinder auf die Erde ge=

legt, und in Gottes Namen oben darüber weg, und über Tisch und Bänke." Daneben aber findet sich ein zierliches und characteristisches Bild, wo der Hausvater im Schlafrock und Pantoffeln und die Nachtmütze auf dem Kopfe eben daran ist, einen Ehrensprung über einen seiner Jungen zu thun, der schon auf allen Vieren da liegt und freudig und erwartungsvoll nach dem Vater hinsieht, ob er denn nicht bald seinen Hupf über ihn wegmachen werde. Asmus setzt noch hinzu: „Der geneigte Leser wird mir diese Hausschwachheit zu Gute halten. Ich denk' überhaupt, man soll lieber in sich fröhlich als brummsch sein; und bin sehr dafür, daß man in allen Stücken seine Freude daheim habe und nicht auswärts suche. Was kann man auch besseres thun, als in sich fröhlich und vergnügt sein? Denn so lange die Stunde währt, darin mans ist, so lange währt sie; und hernach ist sie noch immer eine Schachtel, darin Räucherwerk gewesen ist." — Doch diese Beispiele mögen hinreichen von seiner harmlosen Weise zu scherzen.

In der Regel aber hat sein Humor eine satirische Spitze. Und so finden wir in seinen Werken eine Fülle von satirischen Ausfällen und Einfällen. Er hat einen klaren Blick, um das Lächerliche in allen Gestalten und in allen Ständen zu entdecken, und weiß die rechten Formen zu finden, um es in Poesie und Prosa nach Gebühr an den Pranger zu stellen. Doch trifft seine Satire mehr die höheren Stände, wie die Gelehrten Ablige, den Hof und seine Umgebung, als Bür=

ger und Bauern. Verhältnißmäßig viele seiner Angriffe sind gegen die Eitelkeit und die Ruhmsucht gerichtet. — Ich werde einzelne Beispiele von der Claudius'schen Satire angeben.

Als er einst in Erfahrung gebracht hatte, daß ein eitler Gelehrter eins seiner vielen mittelmäßigen Bücher in einer Literaturzeitung höchstselbst obschon anonym recensirt und gewaltig herausgestrichen hatte, da verfaßte er das witzige Gedicht, welches überschrieben ist: Die Henne. „Es war mahl eine Henne fein, die legte fleißig Eier; Und pflegte dann ganz ungemein — Wenn sie ein Ei gelegt zu schrein, Als wär' im Hause Feuer. Ein alter Truthahn in dem Stall, der Fait vom Denken machte, Ward böß darob, und Knall und Fall — Trat er zur Henn' und sagte: Das Schrein, Frau Nachbarin, war eben nicht vonnöthen; Und weil es doch zum Ei nichts thut, — So legt das Ei, und damit gut! Hört, seid darum gebeten! Ihr wißt nicht, wie's durch den Kopf mir geht. — Hm! sprach die Nachbarin, und that Mit einem Fuß vortreten, Ihr wißt wohl schön, was heuer Die Mode mit sich bringt, ihr ungezogenes Vieh! Erst leg' ich meine Eier, Denn recensir' ich sie."

Gegen Diejenigen unter den Ignoranten, die, so wenig sie von einer Sache etwas wissen, sich doch ein Ansehn zu geben verstehen und von solchen, die noch unwissender sind, als sie, wegen ihres dreisten Tones als ein Orakel betrachtet werden, geht das Gespräch zwischen Hinz und Kunz (1. Th., S. 22):
H. Was meinst Du, Kunz, wie groß die Sonne sei,

K. Wie groß, Hinz? — als'n Straußenei. H. Du weißt es schön, bei meiner Treu! Die Sonne als'n Straußenei! K. Was meinst denn Du, wie groß sie sey? H. So groß, hör' — als'n Fuder Heu. K. Man dächt kaum, daß es möglich sei; Potz tausend, als'n Fuder Heu!"

Auf solche, die sich stets vor den Machthabern demüthigen, wenn sie auch keinen Funken Achtung gegen sie im Herzen tragen, geht die Fabel „Fuchs und Bär" (1. Th., S. 47): „Kam einst ein Fuchs vom Dorfe her, Früh in der Morgenstunde, Und trug ein Huhn im Munde; Und es begegnet ihm ein Bär. Ach! guten Morgen, gnäd'ger Herr! Ich bringe hier ein Huhn für Sie; Ihr Gnaden promeniren ziemlich früh, wo geht die Reise hin?" „„Was heißest Du mich gnädig, Vieh! Wer sagt Dir, daß ich's bin?"" — „Sah dero Zahn, wenn ich es sagen darf, Und dero Zahn ist lang und scharf."

Von den eitlen Eltern, die von ihren Kindern so eingenommen sind, daß sie an ihnen selbst grobe Rohheiten und Ungezogenheiten als Geist und hoffnungsvolle Anlage betrachten, handelt ein wieder: Hinz und Kunz überschriebenes Gedicht. „H. Mein Junge da, das ist ein Junge der! Kein Kuchen ist so rund wie er, — Und hat Dir, hör', vor hunderttausend Knaben, — Ganz sonderbare Gaben. Was meinst Du wohl, er buchstabirt schon frisch; Und siehst Du ihn beim Abendsegen, Da sieht er aus, als wär' ihm groß daran gelegen, Und kneipt indeß die andern unterm Tisch! Nun, Kunz, was hälst Du ihn? K. Bei meiner Seel, es steckt ein Pfarrer drin!"

Für diejenigen, denen der Mund vor lauter Demuth übergeht und denen doch der Teufel des Hochmuths im Herzen sitzt, hat er folgende Monographie des Esels gemacht (8. Thl.): „Hab nichts, mich d'ran zu freuen, Bin dumm und ungestalt, Ohn' Muth und ohn' Gewalt; Mein spotten und mich scheuen Die Menschen, jung und alt, u. s. w. Ach, die Natur schuf mich im Grimme! Sie gab mir nichts, als eine schöne Stimme." So geht das fort; kein Stand wird vergessen; auch die Juristen und Advocaten, so wie die Aerzte bekommen ihren Theil von der Satire. So heißt es in einer Universalhistorie des Jahres 1773: „Prozesse hatten gut Gedeih'n, Und über Recht thät Niemand schrei'n." Von besonderem Interesse ist, daß er sich von den Fehlern, die die Vertreter der Sturm- und Drangperiode meist an sich hatten, nicht blos selbst frei hielt, sondern sie auch mit seinem satirischen Humor verfolgte. Solche Fehler waren z. B. Geniesucht und falsche Sentimentalität. Die Empfindsamkeit war durch Klopstock, bei dem sie übrigens noch etwas Gesundes hatte, in Deutschland in Schwang gekommen und hatte ihren einseitigen Ausdruck besonders bei einigen Gliedern des Göttinger Dichterbundes gefunden, z. B. bei Miller, der den bekannten, von kränkelnder Empfindsamkeit überquellenden Roman Siegwart schrieb. Der einfache, wahre und natürliche Sinn des Claudius sträubte sich gegen diese Verkünstelung des Gefühls. Er schreibt daher an seinen Vetter: „Es wird in diesen Jahren mit Empfindungen und Rührungen ein Unfug getrieben, daß sich ein ehrlicher Kerl fast schämen muß, gerührt zu sein. Wahre Empfindungen sind eine Gabe Gottes und ein großer Reichthum, Geld und Ehre sind nichts gegen sie; und darum kann's einem Leid thun, wenn die Leute sich und Anderen was weiß machen, dem Spinngewebe der Empfindelei nachlaufen und dadurch aller wahren Empfindung den Hals zuschnüren und Thür und Thor verriegeln." — Und nun erzählt er unter der Ueberschrift: „Ernst und Kurzweil" allerlei drollige Geschichten, in welchen der Unterschied zwischen gemachter und wahrer Empfindung deutlich hervortritt. Ueber die Geniesucht läßt er sich in einer Fabel aus, in welcher sich der Esel beklagt, daß man ihn ein Genie gescholten, da er sich doch schlechterdings nicht bewußt sei, etwas Närrisches gethan zu haben. Wer aber eine rechte Fülle des Claudius'schen Humors und der Claudius'schen Satire zusammen haben will, der muß seine Audienz beim Kaiser von Japan lesen, wo er namentlich auch die Schwächen und Erbärmlichkeiten des Hoflebens vor das Messer nimmt. Auch Urian's Reise um die Welt ist voll von prächtigen satirischen Einfällen, die bis auf den heutigen Tag ihre Spitze behalten. So, als Urian aus dem Reiche des Großmoguls abreist, sagt er: „Ich gab dem Wirth mein Ehrenwort, Ihn nächstens zu bezahlen; Und damit reist' ich weiterfort Nach China und

Bengalen", indem er sich begnügt, statt des Geldes sein Ehrenwort zu hinterlassen in einem Lande, das er nicht wieder sehen wird. Doch genug von der Satire des Wandsbecker Boten! Das Gesagte wird genügen, um zu zeigen, welch' ein tiefer sittlicher Ernst ihr stets zu Grunde liegt. Derselbe ernste Sinn, der nur die Wahrheit für werth hält, um durch Rede und Gedicht verherrlicht zu werden, zeigt sich nun auch in den selbstständigen Gedichten, auf welche ich jetzt Ihre Aufmerksamkeit zu lenken mir erlauben werde. Das Dichtertalent des Wandsbecker Boten ist allerdings beschränkt, aber innerhalb dieser Schranken höchst schätzbar und, wie ich glaube, von den meisten Gebildeten unserer Zeit noch nicht nach voller Gebühr gewürdigt. Was die Schranken seines poetischen Talents betrifft, so ist zuerst zu bemerken, daß er weder epischer noch dramatischer Dichter ist. Ihm fehlte die elastische Beweglichkeit, die erforderlich ist, um aus sich heraus zu gehen und gleichsam aus dem Geiste anderer Menschen und Verhältnisse heraus zu denken, zu reden und zu handeln, wie dieses der epische und dramatische Dichter thun muß. Claudius ist nur lyrischer Dichter. Er nahm die Welt mit seinem edlen Gemüthe auf; sein Gemüth war der Spiegel, in dem sich die Herrlichkeit der Welt und ihres Schöpfers rein abspiegelte und in vielen Fällen zu einem lieblichen Gedichte sich gestaltete. Er selbst bezeichnet die Dichter als reine Kieselsteine, an denen der schöne Himmel und die schöne Erde und die heilige Religion an-

schlagen, daß Funken herausfliegen. Dieser Wieder-
schein des Schönen, Großen und Heiligen in
einem reinen Gemüthe ist ihm das Poetische.
Es kommt ihm daher bei seiner Poesie vor Allem auf
Wahrheit des Inhalts an und erst in zweiter Linie
auf die geschmackvolle Form. Es wird nicht geleugnet
werden können, daß er in einem Theile seiner Gedichte
die Form über Gebühr vernachlässigt hat; dagegen
finden sich von ihm auch viele Gedichte, die nach Inhalt und Form das Gepräge der Vollendung tragen
und von denen das gilt, was er selbst von einem
guten Gedicht verlangt, nämlich daß es innig und
tief sei wie ein Liebesseufzer und klar und
durchsichtig wie ein Thautropfen. Diese Innig-
keit des Liebesseufzers wird man in seinen Gedichten höchst selten vermissen, indem sie fast alle von
einem idealen Gefühl eingegeben sind; dagegen fehlt
manchem derselben allerdings die Thautropfenklarheit
der Form, in der alles Stoffartige von der Idee
durchdrungen und verklärt ist. Claudius würde aber
nicht Claudius sein, wenn es anders wäre. Ihm
kam es auch in der Poesie schließlich darauf an, sittliche
und religiöse Anschauungen und Gesinnungen zu Ehren
zu bringen. Er findet aber diesen höheren Geist nicht
blos in der eigentlichen Religion, sondern auch in der
Natur, ferner in den der Natur noch näher liegenden
Kreisen des menschlichen Daseins, wie in der Familien-
sitte, der Freundschaft, auch in der edleren Geselligkeit
und im Vaterlande. Besonders häufig sind seine Na-

turlieder. Es lag in der ganzen damaligen Zeit, wie ich schon oben angedeutet habe, ein Drang nach Rückkehr zur Natur. Das Naturevangelium Rousseau's war theils ein Ausdruck der Zeitrichtung, die sich in ihrer reflexiven Verschwommenheit nach etwas Ursprünglichem sehnte, theils wirkte es auf diese Zeitrichtung mächtig ein. Auch Claudius huldigte in seiner Weise dieser Liebe zur Natur und gab ihr in seinen Gedichten einen Ausdruck, aber freilich in seiner Weise, die von der Rousseau's himmelweit verschieden ist. Dem schließlich ist ihm auch das Naturleben nur eine besondere Art der Erscheinung des göttlichen Lebens, und es gilt von allen seinen Naturanschauungen mutatis mutandis dasselbe, was er einmal von der Sonne singt: „Und die Sonne — schaut dies Wunder an! Wie ein Held läuft sie ihren Weg behende, Und frohlocket, daß sie ohne Ende Wohlthun und erfreuen kann; Segnet alle Wesen durch ihr Licht, Segnet und ermüdet nicht; Sie ist ein Born, dem nie gebricht, Ein unverbrennlich Oel, und brennt zu seinem Ruhm, Wie eine Lampe vor dem Heiligthum, Und treibt hinweg die Finsterniß mit ihrem Weh und Schmerzen. An ihr wird sonderlich der Herr erkannt. Der Himmel um und um ist Sein Gewand, Und sie der Stern auf Seinem Vaterherzen." Das wunderbare Leben des Frühlings schlägt mächtig an das empfindende Herz des Wandsbecker Boten, und ein Gedicht voller Geist und Leben spricht dieses Gefühl aus, welches anfängt: „Heute will ich fröhlich, fröhlich sein, Keine Weis' und keine Sitte hören; will mich wälzen und vor Freude schrein, und der König soll mir das nicht wehren" u. s. w. Aber auch Reif und Kälte erwecken in ihm ideale Gefühle. Es gibt wohl kein schöneres Winterlied als das Claudius'sche: „Der Winter ist ein rechter Mann, Kernfest und auf die Dauer; Sein Fleisch fühlt sich wie Eisen an, Und kennt nicht süß noch sauer." Fast noch schöner ist das Lied an den Reif; aber in diesem finden sich, wie in den allermeisten seiner Gedichte, gar manche ethische Beziehungen. So heißt es darin vom Reif: „Lichthell, still, edel, rein und frei, — Und über Alles fein! O aller Menschen Seele sei — So lichthell und so rein." Das dem Claudius so eigene und werthe Gefühl der Erhabenheit knüpft sich in seinen Naturliedern besonders an den gestirnten Himmel, an den Aufgang und Untergang der Sonne, an die Stille, Ruhe und Erhabenheit einer Mondscheinsnacht. Eins der allerschönsten der Art ist das Abendlied, was schon ganz einen religiösen Character hat. Weil es so ziemlich das Höchste ist, was Claudius in seiner Art leisten kann, so theile ich es hier mit, obschon es wohl den Meisten schon bekannt sein wird (4. Thl.): „Der Mond ist aufgegangen, Die goldnen Sternlein prangen — Am Himmel hell und klar. Der Wald steht schwarz und schweiget, Und aus den Wiesen steiget Der weiße Nebel wunderbar." — „Wie ist die Welt so stille, Und in der Dämmrung Hülle, So traulich und so hold! Als eine stille Kammer, wo ihr des Tages Jammer, Verschlafen und vergessen sollt." —

„Seht ihr den Mond dort stehen? — Er ist nur halb zu sehen, Und ist doch rund und schön! So sind wohl manche Sachen, Die wir getrost belachen, Weil unsere Augen sie nicht sehen." — „Wir stolze Menschenkinder, Sind eitel arme Sünder, Und wissen gar nicht viel. Wir spinnen Luftgespinste, Und suchen viele Künste, Und kommen weiter von dem Ziel." — „Gott, laß uns dein Heil schauen, Auf nichts Vergänglichs trauen, Nicht Eitelkeit uns freun! Laß uns einfältig werden, Und vor Dir hier auf Erden, Wie Kinder fromm und fröhlich sein!" — „Wollst endlich sonder Grämen Aus dieser Welt uns nehmen Durch einen sanften Tod! Und, wenn du uns genommen, Laß uns im Himmel kommen, Du unser Herr und unser Gott." — „So legt euch denn, ihr Brüder, In Gottes Namen nieder; Kalt ist der Abendhauch. Verschon' uns, Gott, mit Strafen, Und laß uns ruhig schlafen! Und unsern kranken Nachbar auch." — Herder hielt dieses Lied für so vortrefflich, daß er ihm allein vor allen Liedern seiner Zeit die Ehre anthat, es in die Sammlung seiner Volkslieder aufzunehmen.

Man kann die Sehnsucht nach etwas Ueberirdischem, die durch den Anblick des gestirnten Himmels in uns geweckt wird, kaum trefflicher ausdrücken, als in dem Liede des Claudius, welches überschrieben ist: Die Sternseherin Liese (7. Thl.).

„Ich sehe oft um Mitternacht, Wenn ich mein Werk gethan, Und Niemand mehr im Hause wacht, Die Stern' am Himmel an. Sie gehn da, hin und her gestreut, Als Lämmer auf der Flur, In Rudeln auch, und aufgereiht, Wie Perlen an der Schnur; Und funkeln alle weit und breit, Und funkeln rein und schön; Ich sah die große Herrlichkeit, Und kann mich satt nicht sehn ... Dann saget, unter'm Himmelszelt, Mein Herz mir in der Brust: Es gibt was Besseres in der Welt, Als all' ihr Schmerz und Lust. Ich werf' mich auf mein Lager hin, Und liege lange wach, Und **suche es in meinem Sinn, Und sehne mich** danach."

Auch in seinen geselligen Liedern weiß er oft recht geschickt die Naturerscheinungen zur Veranschaulichung der Gedanken herbeizuziehen. Zum Beleg diene ein sehr wenig bekanntes Hochzeitlied (8. Thl.): „Stand ein junges Veilchen auf der Weiden, **Lieb und herzig, in sich, und bescheiden**; Und ein wackrer Jüngling über Land Kam hin, da das Veilchen stand!" — „Und er sah das Veilchen auf der Weiden Lieb' und herzig, in sich, und bescheiden; Sah es an mit **Liebe** und mit **Lust**, Wünscht' es sich an seine Brust." — „Heute wird das Blümchen ihm gegeben, Daß ers trag' an seiner Brust durch's Leben! Und ein Kreis von edlen Menschen steht, Ernst und feiert mit Gebet." — „Seid denn **glücklich**! Gott mit Euch, Ihr beide! Seine ‚**Sonn'** am **Himmel**' schein' Euch **Freude**; Und, in Eurer Freud', in Eurem Schmerz, Seine ‚**beßre**' Euch ins Herz."

Gesellige Lieder hat er sonst wenige gemacht, eins der bekanntesten und vorzüglichsten ist das Rheinweinlied:

„Bekränzt mit Laub den vollen lieben Becher, Und trinkt ihn fröhlich leer. In ganz Europia, ihr Herren Zecher! Ist solch ein Wein nicht mehr."

Doch auch dieses endigt mit einer ethischen Beziehung, nämlich: „Und wüßten wir, wo jemand traurig läge, Wir gäben ihm den Wein."

Claudius ist ein Gelegenheitsdichter im besten Sinne des Worts. Er dichtet nicht um zu dichten, sondern, wo das Leben mächtig und in einem hohen, edlen Sinn an ihn heranschlug, da antwortete er durch ein Gedicht in einem entsprechenden Sinne. Er handelt nach der Vorschrift, die er einmal seinen Vetter aussprechen läßt: „Wenns Dir mit dem und jenem wirklich Ernst ist, und es Dir so recht durch Mark und Bein geht, so lasse Du's durchgehen und danke Gott dafür, und wenn es frommet, davon zu verlautbaren und zu schreiben, so schreibe hin, was und wie Du's fühlst." Da Claudius eine idyllische Natur war und sich demnach in kleineren Lebenskreisen am freisten und glücklichsten fühlte, namentlich in seiner Familie und im ländlichen Leben, so wird auch seine Muse hauptsächlich von diesen Kreisen angeregt. So finden wir in seinen Werken eine Menge von Gedichten, die im Geiste der Landleute und für Landleute gedichtet sind, die aber alle auf einem religiösen Hintergrunde ruhen. Wie sehr er durch sein vortreffliches Familienleben zur Poesie bestimmt wurde, ist schon oben mit Bezug auf seine Rebecca angeführt worden. Aber auch sonst noch hat ihm sein Familienleben Veranlassung gegeben, seiner poetischen Gabe einen Ausdruck zu geben. Freudiges und Launiges, wodurch sein Herz tief bewegt und zum Höchsten erhoben wurde, hat er in Liedern wiederklingen lassen. Jedermann weiß, wie sehr das Herz bewegt und erschüttert wird, wenn uns ein Glied der Familie, dem die innigste Liebe gewidmet ist, durch den Tod entrissen wird, und wie sich dann die verwaisete Liebe in die tiefste Wehmuth kleidet, die selbst etwas Erhabenes und Ueberirdisches hat. Dem Claudius begegnete es, daß ihm seine innig geliebte Tochter Christiane 1796 in dem blühendsten Jungfrauenalter entrissen wurde. Bei dieser Gelegenheit sprach er das Gefühl der Wehmuth in einem Gedichte aus, welches die Ueberschrift Christiane führt und zu den allerschönsten gehört, die wir von dieser Gattung haben. Es ist auch in des Knaben Wunderhorn, von Achim von Arnim und Clemens Brentano, einer Sammlung der schönsten Volkslieder, mit aufgenommen worden. Es sei denn die letzte Probe, die ich von den Claudius'schen Gedichten hier mittheile (6. Thl.):

„Es stand ein Sternlein am Himmel, — Ein Sternlein guter Art; Das thät so lieblich scheinen, So lieblich und so zart! Ich wußte seine Stelle — Am Himmel, wo es stand, — Trat Abends vor die Schwelle, Und suchte, bis ich's fand." — „Und blieb dann lange stehen, Hatt' große Freud' in mir: das Sternlein anzusehen; Und dankte Gott dafür. Das Sternlein ist verschwunden; Ich suche hin und her, wo ich es sonst gefunden, Und find' es nun nicht mehr."

Eine ganz ausgezeichnete Befähigung hatte der Wandsbecker Bote, um in wenigen Reimversen, oder auch in kurzen, prägnanten prosaischen Sätzen die vortrefflichsten Lebensregeln und moralischen Gesetze auszusprechen. In dieser Beziehung sind namentlich seine sogenannten A B C's eine wahre Fundgrube der herrlichsten Maximen. — Ich will daraus wenigstens einige hervorheben, die für die ganze Lebensrichtung des Claudius besonders characteristisch sind: „In dir ein edler Sclave ist, Dem du die Freiheit schuldig bist." „Merk auf die Stimme tief in dir; Sie ist des Menschen Kleinod hier." „Quäl' nicht dein Herz ohn' Unterlaß, Ein freier Muth gefällt Gott baß." „Straf keck das Böse in's Gesicht, Vergiß dich aber selber nicht." „Zerbrich den Kopf dir nicht zu sehr, Zerbrich den Willen, das ist mehr." „Greif nicht leicht in ein Wespennest; Doch, wenn du greifst, so stehe fest." „Nichts ist so elend als ein Mann, Der Alles will, und der Nichts kann." „Kratz nicht im Staube wie ein Thier, Der Kopf sitzt ja noch oben Dir." „Mach keines Glaubens Deinen Spott; Ein Jeder glaubet sich und Gott." „Hau' deinen Götzen muthig um, Es sei Gold, Wollust oder Ruhm." „Armuth des Geistes Gott erfreut; Armuth, doch nicht Armseligkeit."— Doch es hält schwer, etliche von diesen Aussprüchen herauszuheben, denn diese Sentenzen sind alle eben so tief und wahr, als präcis und passend ausgedrückt. — Als etwas ganz besonders Gediegenes muß ich aber noch das Vademecum erwähnen, welches der Wandsbecker Bote seinem Sohn Johannes mitgab, als es ihn 1799 nach Schulpforte brachte. In diesen Aussprüchen gibt sich nicht blos das liebendste Vaterherz, sondern auch der tiefste Menschenkenner zu fühlen und zu erkennen. Jeder Jüngling, der das Vaterhaus verläßt, sollte sich diese moralischen Aussprüche zum Muster nehmen.

Aber Claudius hat nicht blos in der ganzen Haltung seines persönlichen Lebens, sowie in einzelnen Aussprüchen und Andeutungen seiner Gedichte und anderen Schriften einen sittlichen Geist zur Darstellung gebracht, sondern man findet auch in seinen Schriften ein vollkommenes System der Moral und Religion, wenn auch nicht in systematischer Form deutlich ausgeführt. Es gehört wesentlich mit zur Characteristik des Wandsbecker Boten, daß man dieses System wenigstens in seinen Grundzügen kennen lernt. Dazu sollen denn nun die folgenden Bemerkungen dienen, wenn sie sich auch der Kürze der Zeit wegen nur auf das Allgemeinste und Wesentlichste werden beschränken müssen. Die Abhandlungen, in denen Claudius Gegenstände der Moral und der Religion und die untrennbare Verbindung der Moral und Religion mit einander bespricht, bilden den umfassendsten und wichtigsten Theil seiner Schriften und sie sind schon durch ihre Form interessant und bemerkenswerth. Seine Abhandlungen halten sich völlig fern von allem rhetorischen Prunk, der mehr darauf berechnet ist, den Zuhörer zu bestechen, als gründlich zu überzeugen; sie halten sich aber eben so fern von jeder dogmatischen Abstraction, in der die Resultate taliter qualiter an einander gereiht werden, ohne daß man ihre Genesis nachweist. Noch ferner liegt seinen Abhandlungen die oraculirende Weise, die wir bei seinem, von ihm übrigens hochgeachteten, Zeitgenossen Hamann finden. Das sind Gedankenblitze aus heiterem Himmel, die, wenn sie auch alle aus demselben Punkte herkommen und auf dasselbe Ziel hinweisen mögen, doch in ihrer Isolirtheit von dem Leser bald so, bald anders gedeutet werden können. Claudius liebte Klarheit, Schärfe und Bestimmtheit, und daß von jeder Sache nicht etwa blos das Eine oder das Andere angedeutet oder durch rhetorischen Glanz erschlichen oder durch die Gewalt der Beredtsamkeit erzwungen, sondern daß die Sache nach ihrem ganzen Verlauf, nach Anfang, Mittel und Ende gründlich und zusammenhängend verfolgt würde. Andererseits war Claudius kein speculativer Philosoph, der aus den letzten Principien des Seins und Denkens heraus das Verhältniß des Menschen zu Gott festzustellen versucht hätte. Auch diese Art der Erkenntniß übte er nicht, ja er achtetete sie nicht und er kannte sie wohl auch nicht, obgleich sich in seinen Schriften Spuren von dem Studium der Kant'schen Schriften finden. Claudius legte in seiner Erkenntniß einen Hauptwerth auf die **Erfahrung**, und zwar auf die **innere** so gut wie auf die **äußere**. Das **Erste** war ihm daher, die Thatsachen der Erfahrung sicher zu ermitteln, das **Weitere** aber dann, diese Thatsachen mit einander zu vergleichen und in Verbindung zu setzen und mit Anwendung einer gründlichen Logik daraus Schlüsse herzuleiten; und das, was er so gefunden und erschlossen in einer klaren und anschaulichen Sprache auszusprechen, das war seine Aufgabe, und diese Aufgabe hat er in Bezug auf das religiöse Gebiet sehr gut gelöst. In so fern er sich auf die Erfahrung stützt, so bedient er sich des Inductionsverfahrens, zum Theil auch der Analogie; er verfährt, wie man sich auch ausdrückt, a posteriori, so fern er aber die Erfahrung denkend verarbeitet und durch Schlüsse die Sache entwickelt, verfährt er auch, wie man sagt, a priori. Er sagt selbst einmal: „Der Mensch hat eine Erkenntniß a priori und eine a posteriori: Vernunft und Erfahrung. Diese beiden arbeiten sich einander in die Hand, und bringen dann eben so viel zu Wege, als der Mensch zur Leibes=Nahrung und Nothdurft gebraucht. Nur trennen darf man sie nicht; denn sie sind Mann und Frau und müssen beisammen sein in einer vernünftigen Haushaltung, und wenn legitime Kinder sollen gebohren werden." Er sagt auch weiter: „Die Erfahrung liefere die rohen Materialien und die Vernunft mache die Fabrikwaaren daraus. Wenn keine Materialien geliefert werden, so stehe die Fabrik still, oder könne höchstens nur Formen machen." Durch Anwendung dieser Methode erheben sich seine Abhandlungen weit über den Standpunkt eines blos subjectiven Zeugnisses, vielmehr erhalten sie das Gepräge einer objectiven Erkenntniß. Auch hat Claudius selbst die bestimmteste Ueberzeugung, daß es bei aller Erkenntniß auf objective Wahrheit ankomme, und daß der erkennende Mensch seine Subjectivität aufgeben und verleugnen müsse, wenn er in das Wesen der Dinge eindringen will. Er sagt (8. Thl.): „Wenn ich einen bittern Geschmack auf der Zunge habe, so schmeckt mir Alles bitter, was mir zu einer andern Zeit nicht bitter schmeckt; habe ich einen sauren, so schmeckt mir sauer, was mir zu einer andern Zeit nicht sauer schmeckt u. s. w. Man kann aber einen Zustand der Zunge annehmen, darin die Dinge zu aller Zeit Einen und ihren eigentlichen Geschmack haben. Welcherlei dieser Zustand auch sei, so ist er der einzige, darin die Zunge über den Geschmack der Dinge recht urtheilet, denn in einem jeden andern schmeckt sie nicht die Dinge, sondern sich selbst." Und nachdem er dieses treffende Bild angegeben, fährt er so fort: „Es geht dem Herzen und dem Verstande des Menschen, wie seiner Zunge. Man kann aber auch hier einen Zustand annehmen, darin die Dinge zu aller Zeit Einen, und zwar ihren eigentlichen Eindruck machen. Welcherlei dieser Zustand auch sei, so ist er der einzige, darin der Mensch über die Gestalt und Beschaffenheit der Dinge recht urtheilet; denn in einem jeden andern sieht er nicht die Dinge, sondern sich selbst." So viel über die Form der Claudius'schen Abhandlungen religiösen Inhalts. Aber welches ist nun der allgemeine Inhalt seiner religiösen Anschauung? Welches sind die Grundzüge seiner Gott- und Weltanschauung?— Die Abhandlungen des Claudius über das, was er für die ewige Wahrheit hält, sind so umfassend und vielseitig, daß nicht davon die Rede sein kann, sie in einer Vorlesung zu erschöpfen. Ich meine, daß man darüber ein ganzes Buch schreiben könnte, um den ewigen Geist, der hier niedergelegt ist, zu erschöpfen. Ich muß mich daher begnügen, auf den wesentlichsten Theil seiner Anschauungen, womit alles Andere einzig zusammenhängt, mit kurzen, aber klaren und deutlichen Worten hinzuweisen. Es wird durch diese Betrachtung sich namentlich auch ergeben, daß Sittlichkeit und Religion bei Claudius ein untrennbares, lebendiges Ganzes mit einander bilden, indem das sittliche Bewußtsein und das sittliche Streben des Menschen seine Erfüllung in der Religion hat, und daß wahre Religiösität die Quelle reiner Sittlichkeit ist.

Alle ethischen und religiösen Betrachtungen des Claudius beziehen sich aber auf das Wesen und auf die Bestimmung des Menschen.

Zunächst ist zu bemerken, daß Claudius eine sehr hohe Vorstellung von der menschlichen Natur und Würde hat. Diese Würde tritt ihm aber am bestimmtesten zu Tage, wenn er den Menschen mit der übrigen Natur vergleicht. „Himmel und Erde sind wohl schön und des Ansehns werth", sagt er (6. Thl.). „Sie sollen unsere Kräfte in Bewegung setzen, durch ihre Schöne an Einen, der noch schöner ist, erinnern, und uns das Herz nach ihm verwunden. Aber, wenn sie das gethan haben, dann haben sie das Ihrige gethan, und weiter können sie uns nicht helfen. Der Mensch ist reicher als sie, und hat, was sie nicht geben kann. Alles, was er um sich her Leben haben sieht, stirbt: und er weiß von Unsterblichkeit. Er sieht in der sichtbaren Natur nichts, als Zeitliches und Oertliches; und er weiß von einem Ewigen und Unendlichen. Selbst die Weisheit und Ordnung, die der Mensch in der sichtbaren Natur findet, legt er mehr in sie hinein, als er sie aus ihr herausnimmt. Denn er könnte ihrer da nicht gewahr werden, wenn er sie nicht auf etwas, das er in sich hat, beziehen könnte, so wie man ohne Maß nicht messen kann. Himmel und Erde sind für ihn nur eine Bestätigung von einem Wissen, dessen er in sich bewußt ist, und das ihm die Kühnheit und den Muth gibt: Alles zu meistern und aus sich zu rectificiren. Und mitten in der Herrlichkeit der Schöpfung ist und fühlt er sich größer, als Alles, was ihn umgibt und sehnt sich nach etwas Anderem." „Dieses Andere im Menschen", sagt er an einer andern Stelle, „übt auch auswendig eine Art Herrschaft über die Natur aus. Er läßt nichtsununtersucht, so klein er ist, und ihm ist nichts unmöglich. Er umschiffet die ganze Welt, mißt Himmel und Erde, bändigt alle Thiere und Pflanzen, Berg und Thal, Feld und Wald, Bach und Strom und die Wogen des Meeres. Er macht die Natur in verschiedenen Operationen, z. B. den Einimpfungen, mehr thun, als sie allein thun kann und allein gethan hätte, und disponirt also über ihr Gesetz. Es ist nicht allein etwas Anderes im Menschen, als sonst in der ganzen Natur, sondern dies Andere ist auch mehr als die Natur und über dieselbe." Er nennt dieses Andere der Natur und dies Ueber die Natur — Geist und Wille. Was den Willen betrifft, so geht seine Ansicht auf die Freiheit und Unabhängigkeit des Willens. Die Natur als solche ist niet- und nagelfest. Alles in ihr ist einem Gesetz der Nothwendigkeit unterworfen, davon sie nicht abgeht und ohne eine fremde Hand nicht abgehn kann. Der Mensch allein macht eine Ausnahme. Der ist beweglich, und daraus entspringt denn die freie und selbständige Entwicklung des Menschen von Stufe zu Stufe. Der Wille gibt dem Menschen diese Freiheit und Unabhängigkeit. „Wir Menschen", sagt er hierüber an einer anderen Stelle (8. Thl.), „wir Menschen lassen unseren Willen gewöhnlich und fast immer, durch scheinliche und zum Theil sehr nichtswürdige Bewegursachen meistern und überwinden. Aber Beispiele alter und neuer Zeit lehren und bereiten die Unabhängigkeit und Unüberwindlichkeit des menschlichen Willens, und ein Jeder fühlt es in seinem Innersten, daß sein Wille unabhängig und unüberwindlich sein kann." So weiß denn Claudius die Würde, Größe und Freiheit, die den Menschen von der ganzen Natur auf's Bestimmteste unterscheidet, gebührend anzuerkennen, und er beweist aus dem, was der Mensch außer der Natur und über der Natur ist, die Unsterblichkeit der menschlichen Seele in einer besonderen Abhandlung, die so viele gründliche Betrachtungen und treffliche Bemerkungen enthält, daß sie noch immer sehr lesenswerth erscheint. Aber trotz allem

Großen, Herrlichen und Göttlichen im Menschen, was Claudius nach Gebühr hervorhebt, macht er doch noch viel öfter und entschiedener auf den Zwiespalt aufmerksam, der sich in dem erscheinenden Menschen geltend macht." "Man tröstet sich", sagt er in seinem Valet an die Leser (7. Thl.), "mit der innerlichen Größe des Menschen, und gloriirt über das Hohe und Göttliche seines Verstandes und seiner Vernunft. Ja wohl, ist der Mensch groß und göttlich; aber gerade hier ist es, wo einem das Gloriiren vergeht und die Thränen in die Augen treten, wenn man sieht und gewahr wird, daß das Große und Göttliche wider seine Natur in uns gehemmt ist; und es sollte doch walten."

Als er gefragt wird, was hast du denn für Unruhe und für Leid, antwortet er (4. Thl.): "Ach, du weißt ja wohl, daß ein Janus bifrons in uns ist. **Ein Kopf mit zwei Gesichtern, die nach verschiedenen Seiten sehen.** Daß der Mensch keinen **Hausfrieden hat, das mein' ich; daß es uns lieblich dünken kann und uns doch betrügt,** und hinterher wurmt und graue Haare macht; daß man das Bessere wissen kann und das Unedle thun, daß wir von uns selbst gerissen und **gehudelt** werden. Wohl ist die Tugend ein Kleinod für den Menschen; das schönste und köstlichste Kleinod in dieser Welt, womit er sich schmücken, und das einzige, wodurch er sich wirklich groß und bewundernswerth machen kann; — sie ist das Wahrzeichen des Menschen, und wer es nicht an sich hat, der ist unehrlich und ein Leibeigener.

Zugleich siehst du aber auch, was die Menschen (im Allgemeinen) sein müssen, wenn diejenigen unter ihnen (die Tugendhaften, z. B. ein Scipio, ein Socrates, ein Huß), die sich an der Kette heben, daß sie kein Unglück anrichten, wenn die unter ihnen so groß und bewundernswerth sind (d. h. sich so sichtbar über die Menschen, wie sie gewöhnlich sind, hervorheben." Claudius hat eine große Abhandlung über das Gewissen geschrieben, in welcher er diesen Zwiespalt, der in jedem Menschen liegt, ganz besonders characterisirt; aber auch sonst kommt er in seinen Schriften oft darauf zurück. Es ist ein Zwiespalt zwischen dem Wissen und Wollen und weiterhin auch ein Zwiespalt zwischen dem Wollen und dem Vollbringen. Ueber den Widerspruch zwischen dem Wissen und Wollen will ich nur einige characteristische Stellen aus den Werken des Claudius anführen. „Es ist", sagt er, „zwischen den Begriffen und dem Wollen im Menschen eine große Kluft befestigt. Das Rad des Wissens und das Rad des Wollens, ob sie wohl nicht ohne Verbindung sind, fassen nicht in einander und werden von verschiedenen Elementen umgetrieben und sind etwa wie eine Wind= und Wassermühle. Frage nur den falschen Messer und den falschen Wäger einmal, ob er nicht weiß, daß man rechtes Maaß und Gewicht geben soll? Er weiß es, und doch thut er das Gegentheil von dem, was er weiß. Die natürlichen Neigungen, Begierden und Leidenschaften reißen den Menschen mit sich fort, gegen sein besseres Wissen und Gewissen. Und die Sache ist um so sonderbarer und unbegreiflicher, da der Mensch sich in tausend und abertausend Fällen durch die Erfahrung überzeugt, daß bei der Befriedigung aller Begierden und Leidenschaften, die gegen das Sittengesetz streiten, doch kein Friede im Innern zu Stande kommt, sondern nur immer größerer Zwiespalt." „Denn man erfülle", heißt es an einer anderen Stelle, „man erfülle dem Eifersüchtigen, dem Geldgeizigen, dem Wollüstigen, dem Mann von Eitelkeit ꝛc. alle seine Wünsche, und was ist's denn? Das Auge sieht sich nicht satt, und das Ohr hört sich nicht satt und ich habe noch keinen dieser Art gesehen, der sich ruhig in die Arme genommen und gesagt hätte: ich habe genug! All' solch Glück ist mehr ein mühseliges Hinstreben zum Genießen, als wirklicher Genuß, ist keine Flamme, die aus sich selbst brennt, sondern man muß beständig neue Reiser anlegen, neues Oel zugießen, daß sie nicht verlösche, und am Ende **verlöscht sie ja doch**."

Aber Claudius verfolgt diesen Zwiespalt im Innern des Menschen noch einen Schritt weiter, nämlich der Mensch kommt da oft wohl noch so weit, das Gute **zu wollen**, aber das **Vollbringen** gelingt ihm nicht. Claudius macht mit Bezug hierauf einen scharfen Unterschied zwischen dem Edlen und dem Guten. „Ein edles Herz glänzt hell und hold — Ein gutes ist gediegenes Gold. Edel ist, wer das Gute aufrichtig **will**; gut ist, wer es mit **Freiheit vollbringt**. Wer Freude am Guten hat und gerne gut wäre und mit sich kämpft und streitet, daß er's sei, der ist ein edler Mann. Aber es ist noch ein ungeheurer Schritt vom Edlen bis zum Guten. Man will ja gerne immer — das Eitle nicht lieb haben, unparteiisch sein, nicht böse werden; wenn man beleidigt wird, geistlich gesinnet sein — und dieser Wunsch und Wille und dieses Ringen darnach ist das Edle — aber man kann es nicht. Und wenn auch auswendig, so geht es doch inwendig nicht rein ab. Und wenn auch das Feld behalten wird, so ist doch darum kein Friede. Der Feind bleibt im Lande und man muß mit dem Gefangenen sich placken und plagen. Ohne Kampf und Verleugnung gibt es keinen Adel und wahren Werth für den Menschen, und ohne Kampf kennt er die Kluft nicht, die in unserem Inwendigen zwischen Wollen und Sein, zwischen Edel und Gut befestigt ist, und kann sie nicht kennen. Dem Edlen gebührt also Ehre und Achtung vor Jedermann, wo er sich sehen läßt, aber edel ist noch nicht gut, und das Edle ist aus dem Zwiespalt noch nicht heraus, sondern stellt ihn nur um so tiefer."

Aber wo findet nun Claudius die Schlichtung dieses Streites und eine Gestalt und Verfassung des Inneren, wo das Wesen eins ist mit dem Wollen und das Wollen eins ist mit dem Vollbringen und der Mensch in Einklang steht mit sich selbst? Auf diese Frage müssen wir noch die Antwort des Claudius vernehmen, wenn wir seine sittlich-religiöse Anschauung und damit ihn selbst nach seinem innersten Wesen wollen kennen lernen. Ich habe schon oben bemerkt, daß sich Claudius gern der Analogie bedient, und um die innersten Geistesprocesse zu veranschaulichen, auf ähnliche Naturprocesse verweist. Ich will daher auch den letzten und höchsten Befreiungsproceß des Menschen, wie ihn Claudius faßt und versteht, zunächst durch eine von ihm selbst angeführte Analogie erläutern. Er vergleicht das Große und Göttliche im Menschen, worin alle Schätze der Wahrheit und Heiligkeit verborgen liegen, mit dem Lebenskeim in den Pflanzen. Wie diese Lebenskeime der physischen Natur sich nicht selbst entwickeln können, so auch der unsterbliche Lebenskeim im Menschen nicht. Wie der in der Pflanze verborgene Keim einer Reaction von Außen bedarf, besonders durch Licht und Wärme der Sonne, aber auch durch den befruchtenden Regen, damit das Unorganische am Keim ersterbe und aus dem Keime die lebendige organische Pflanze sich entwickele, so bedarf auch der im Menschen liegende göttliche Lebenskeim einer Reaction durch ein an und für sich seiendes Göttliche außer ihm, damit das Ungöttliche in ihm ersterbe und der göttliche Keim in ihm selbständig in's Dasein trete, Wurzel fasse und Gestalt gewinne. Je angemessener und homogener die von außen kommende Reaction ist, desto schneller und vollkommener wächst die Frucht aus dem Keime hervor. Die Reaction thäte und schaffte nichts, wenn der Keim nicht wäre; aber auch der Keim bleibt ohne die Reaction, was er ist, und kommt nicht von der Stelle. So ist denn also die Meinung des Claudius, daß das Göttliche an den Menschen herankommen und ihn gleichsam erleuchten und erwärmen muß, wenn das Göttliche in ihm erweckt und entwickelt werden und, je mehr es sich in ihm entfaltet, um so mehr das Ungöttliche in ihm verzehren soll. Nun ist allerdings die weitere Meinung des Claudius, daß das Göttliche, welches auf den Menschen reagiren soll, auch in der Natur reichlich ausgegossen ist und eben so in großen und tugendhaften Menschen, und er hat sich in der natürlichen und menschlichen Welt recht umgesehen, um überall die Spuren der Gottheit zu finden und auf sich einwirken zu lassen. Er hat alle Religionen studirt, um sie zu entdecken, und namentlich von den orientalischen Religionen eine genaue Erkenntniß gewonnen. Er hat dieses Licht der Wahrheit gesucht und gefunden unter Juden und Heiden und solche hohe und große sittliche Gestalten, wie die des Socrates, so recht von Herzensgrund verehrt und gepriesen. Aber wie alle Sternlichter in dem Sonnenlichte verschwinden, so hat sich auch dem Wandsbecker Boten alles Licht in einem Lichte concentrirt. Das Bild der Vollkommenheit, welches auf den Menschen am energischsten einwirken und den in ihm liegenden Keim am sichersten zum Leben bringen muß, ist dem Wandsbecker Boten — Christus. Er ist ihm das Urbild der Vollkommenheit, der Abglanz der göttlichen Herrlichkeit. „Keiner", sagt er, „hat je so geliebt; und so etwas in sich Gutes und in sich Großes, als die Bibel von ihm saget und setzet, ist nie in eines Menschen Herz gekommen und ist über all sein Verdienst und

Würdigkeit. Es ist eine heilige Gestalt, die dem armen Pilger, wie ein Stern in der Nacht, aufgeht und sein innerstes Bedürfniß, sein geheimstes Ahnden und Wünschen erfüllt. Ihn mit bewegtem und arbeitendem Herzen und Aufbietung aller seiner Kräfte mit Zuversicht und Zueignung ergreifen, herbeiziehen und sich gleichsam einverleiben, das ist des Menschen Aufgabe." Und diesen Act, in welchem der Mensch sich im Angesichte der Wahrheit aufgibt und gleichsam sich verliert, in dem er mit bewegtem und arbeitendem Herzen und Aufbietung aller seiner Kräfte dieses Urbild der Wahrheit ergreift, es herbeizieht, ihm sich einverleibt, das nennt Claudius Glauben; er kommt in dieser Weise auf die christliche Lehre, die Luther so energisch geltend gemacht hat, daß der Glaube erleuchtet, rechtfertigt, bessert und heiligt. Weil aber der Mensch in diesem Verhältniß zur Wahrheit sich selbst aufheben und aufgeben muß, wenn er ein Träger der Wahrheit werden soll, so kommt Claudius oft auf den Gedanken, daß der Mensch geistig in sich ersterben muß, um geistig zu leben, wie er dieses auch in seinem Gedichte: Tod und Auferstehung, in folgender Art ausspricht: „In uns ist zweierlei Natur, Doch ein Gesetz für beide; Es geht durch Tod und Leiden nur Der Weg zur wahren Freude." Da nun aber die Bibel von dieser Idealgestalt, in die sich der Mensch verklären soll, die unmittelbarste Kunde gibt, so legte Claudius auf die Bibel einen absoluten Werth. Schon in dem ersten Theile seiner Schriften lesen wir: „Ich habe von Jugend auf gern in der Bibel gelesen, für mein Leben gern. Es stehen solche schöne Gleichniß und Räthsel drin, und das Herz wird einem darnach so recht frisch und muthig. Am liebsten aber les' ich im Sanct Johannes. In ihm ist so etwas ganz Wunderbares — Dämmerung und Nacht, und durch sie hin der schnelle zuckende Blitz! ein sanftes Abendgewölk und hinter dem Gewölk der große volle Mond leibhaftig! so etwas schwermüthiges und hohes und ahndungsvolles, daß man's nicht satt werden kann." Dieser Respect vor der heiligen Schrift findet sich in allen seinen Werken; er hat sich auch sehr viel mit dem neuen Testamente, namentlich mit den Evangelien beschäftigt und ganze Abschnitte mit seiner bekannten Klarheit, Bestimmtheit und Feinheit erklärt. Besonders sind seine Erklärungen des Vaterunsers musterhaft. Er sagt in seinem einfältigen Hausvaterbericht über die christliche Religion, in welchem er die Grundsätze der Religion für seine Kinder entwickelt hat, über die Bibel so: „Ihr könnt diese Schrift nicht hoch und werth genug haben und halten"; doch setzt er hinzu: „es versteht sich von selbst, daß die Schrift nicht die Sache selbst ist, sondern nur die Nachricht von der Sache." Die Sache selbst aber war ihm das Leben Gottes im Menschen oder das Leben des Menschen in Gott, der Gottmensch, wie er sich auch auszudrücken pflegt, der in dem Makrokosmus der Menschengeschichte erschienen ist und in dem Mikrokosmus jedes individuellen Menschenlebens einmal Gestalt gewinnen soll. Dieses hielt er für den eigentlichen Zweck des menschlichen Daseins und für die wahre Freiheit, nach der wir alle streben sollen, ebenso für die Quelle aller Tugend und Wahrheit, aller Hoffnung und Seligkeit. Auf diesen Punkt ist sein ganzes Leben und Dichten hingerichtet gewesen, über diesen Punkt hat er sich in so vielen prosaisch geschriebenen Aufsätzen nach allen Seiten auf's Bestimmteste ausgesprochen. Je älter er wurde, desto mehr fühlte er sich gedrungen, auf dieses Eine, welches ihm Alles in Allem war, hinzuweisen und es den Menschen an's Herz zu legen. Und je bewegter die Zeit und Weltgeschichte wurde, desto mehr stützte er sich auf diesen festen Anker. — Als die französische Revolution ausbrach und viele der Edelsten sich von dieser Bewegung Freiheit und eine bessere Zeit versprachen, da rief er mit lauter Stimme in alle Welt hinein, daß es vor Allem auf diese innere Befreiung ankomme und daß es ohne diese mit aller äußeren Freiheit und politischen Umwandlung nichts sei. "Am Menschen", sagt er in dieser Beziehung, "liegt es, nicht an den Einrichtungen. Dem Menschen ist nichts gut und nichts recht, der will immer etwas Anderes und etwas Neues; will immer bauen und bessern, ist immer nicht reich, nicht mächtig, nicht geehrt genug; der Mensch ist's, der gute Einrichtungen schlecht und schlechte Einrichtungen gut macht. Der Mensch also muß gebessert werden; und, würde ich rathen, nicht von außen hinein. Ich möchte überhaupt eine Besserung, wodurch nicht einem Menschen gegen den andern, einer Partei gegen die andere, einem Volke gegen das andere, sondern dadurch allen Menschen, allen Parteien, allen Völkern geholfen würde; kurz eine Besserung, welche die Bösen gut, die Uebelgesinnten wohlgesinnt, die Thörichten weise, die Treulosen treu und so ohne Ausnahme alle Menschen, Hohe und Niedrige, Fürsten und Unterthanen, Freunde und Feinde, zu guten, bescheidenen, barmherzigen, großmüthigen, edlen und glücklichen Menschen machte. Das ist mein Sinn, darauf ich mich verlasse." So verlangt Claudius, daß von aller politischen Freiheit die sittliche Freiheit die Voraussetzung und Grundlage sei.

Da er von diesem sittlichen Standpunkte die Revolution betrachtete und im Angesichte der furchtbaren Zertrümmerungen und des schrecklichen Blutvergießens, was sie mit sich brachte, gegen sie polemisirte und selbst das Große, welches sie in sich trug, oft verkannte, so wurde er der Gegenstand der heftigsten Angriffe und sogar bisweilen als Fürstenknecht verschrieen. Daß er aber auch den Fürsten gegenüber ein freier und aufrichtiger Mann war, das hat er sein ganzes Leben über bewiesen. Er hat stets das Verlangen ausgesprochen, daß sie die gerechtesten und tugendhaftesten Menschen sein müssen. In einem seiner früheren Gedichte kommt sogar die Stelle vor: „Der König sei der bessere Mann, sonst sei der Bessere König." Und auch in seiner Schrift über die neue Politik, die so viel Anstoß erregte, kommen Stellen wie folgende vor: „Aber soll denn Liebe, Glauben und

Vertrauen ewig lieben, glauben und vertrauen, damit sie ewig betrogen und gemißbraucht werden können? Sollen denn Viele sich ihrer Rechte begeben, damit Einer oder Einige ungestraft Gewalt und Unrecht üben können? **Das sei ferne!** — Betrogene Liebe ist wie Menschenblut; sie schreiet aufwärts nach Rache. Nein! Recht muß Recht bleiben. Ich streite nicht wider, sondern für das Volk — und wo dem Kleinen Unrecht und Gewalt geschehen soll, da begehre ich nicht zu heißen der Sohn der Tochter Pharao und will viel lieber Ungemach leiden mit meinen Brüdern. Die Könige und Regenten sind den Menschen zum Guten gegeben und nicht zum Bösen. Sie sollen nicht Unrecht, sondern Recht und Gleich thun, und wissen, daß sie auch einen Herrn im Himmel haben. **Der hat sie über die Anderen gesetzt um der Andern willen.**

Genau von demselben Gesichtspunkte wie die französische Revolution, betrachtet er auch die deutschen Freiheitskriege, die an das Ende seines Lebens fallen. Was Claudius von Welteroberern und Weltunterdrückern hält, zeigt einer seiner Sprüche im silbernen ABC, der so heißt: „Kränz' einen Welterobrer nicht, Schlepp' lieber ihn zum Hochgericht." Daher war er hocherfreut darüber, daß der alte deutsche Muth erwachte, daß eine so große Menge von Helden erstanden und die vereinte Kraft und Weisheit des deutschen Volkes dem Unfug der französischen Unterdrückung ein Ende machte. Er hat diese seine Freude ausgesprochen in der letzten Schrift, die er geschrieben hat, in der so=

genannten Predigt eines Laienbruders zum neuen Jahre 1814. Aber der Hauptinhalt dieser Schrift besteht doch wieder darin, die Deutschen darauf hinzuweisen, welches denn die innerlichen Folgen der allgemeinen Züchtigung und des über Deutschland und Europa ergangenen Elends und namenlosen Jammers werden müßten. Und nachdem er dieses — obgleich ein schwacher 74jähriger Greis — mit alter Frische und Klarheit auseinandergesetzt und ausgeführt hat, schließt er diesen seinen Schwanengesang mit den — sein Streben und Leben — characterisirenden Worten: „Und — wenn das würde — wenn die Bösen gut, die Unbelehrten bekehrt würden; wenn Recht überall geehrt, und Redlichkeit und ernster Sinn allgemein auf Erden würden; wenn die Welt nicht lieb gehabt, sondern eine Herberge würde, wo man sich behilft, und nur an die weitere Reise und an die ewige Heimath denkt; wenn das Reich Gottes nicht Essen und Trinken, sondern wieder Gerechtigkeit, Friede und Freude in dem heiligen Geiste würde, wenn Der, der allein wahrer Gott ist, und, den er gesandt hat, Jesus Christus, erkannt würde in Hütten und Palästen — wenn das würde, so wäre dieser Zeit Leiden nicht werth der Herrlichkeit, die alsdann würde offenbart werden. Und Ihr, Ihr Traurige und Betrübte, die Ihr, nahe und fern, trostlos steht, und über Euren Verlust, über Eure Söhne, Eure Freunde und Geliebte weint, verzagt nicht! Und wenn der Trost, daß sie für Freiheit und Vaterland gelitten haben und gestorben sind, Euch nicht trösten kann; hier ist eine Aussicht, die über Tod und Grab und über Alles, was irdisch, erhaben ist und Eure Thränen trocknen kann."

Das ist der letzte Scheidegruß des guten Wandsbecker Boten an sein deutsches Vaterland, und damit wollen wir auch von ihm scheiden und nur noch einige Worte über sein Lebensende hinzusetzen. Der Krieg brachte viele Leiden über ihn selbst und über die Seinigen. Sein Schwiegersohn, Friedrich Perthes, ein echt deutscher Mann von großem Geiste und unbeugsamer Characterstärke, mußte, als Davoust im Mai 1813 Hamburg wieder einnahm und tyrannisirte, flüchtig werden, da er an der Spitze der deutschen Bewegung in dieser Stadt gestanden hatte und daher auf die Proscriptionsliste, als zum Henkertode bestimmt, gesetzt worden war; eben so flüchtete seine Frau, Claudius' Tochter Caroline, mit ihren zahlreichen Kindern. Auch Claudius mußte sein geliebtes Wandsbeck verlassen und an verschiedenen Orten und unter den größten Entbehrungen herumirren. Im Januar 1814 lebte er in Kiel, mußte aber, da diese Stadt mit schwedischen Truppen überfüllt war, nach Lübeck sich übersiedeln. Erst im Mai 1814 kehrte er nach Wandsbeck zurück. Diese Sorgen und Beschwerden brachen aber die Kräfte des alten und ohnehin zarten und schwächlichen Mannes vollends ganz und gar, und er eilte daher dem Tode nun sichtlich entgegen. Im December 1814 gab er den dringenden Bitten seiner

Tochter Caroline nach und zog, um dem Arzt näher zu sein, mit seiner Frau in Perthes' Haus nach Hamburg. Es entschied sich aber bald, daß es mit ihm dem Tode entgegenging. Mit heiterer Ruhe sah er dieser Katastrophe entgegen, auf die er sich sein ganzes Leben über gerüstet und vorbereitet hatte. Er behielt die volle Kraft seines Geistes und die innige Liebe zu den Seinigen bis zum letzten Augenblick. Am 21. Januar 1815 starb er in Hamburg und am 25. Januar wurde er in Wandsbeck begraben.

Von den Nachrufen, die dem Verstorbenen gewidmet wurden, ist keiner so schön und wahr, als derjenige, den ihm sein alter Dichtergenosse, der Graf F. L. Stolberg, darbrachte und den ich, da er das Wesen des Claudius einfach und wahr characterisirt, zum Schlusse mitzutheilen mir erlaube.

„Der Bote ging in schlichtem Gewand,
Mit geschältem Stab in der biederen Hand,
Ging forschend wohl auf und forschend wohl ab;
Von der Wiege des Menschen bis an sein Grab.
Er sprach bei den Frommen gar freundlich ein,
Bat freundlich die Andern, auch fromm zu sein;
Und sah'n sie sein redliches, ernstes Gesicht,
So zürnten auch selbst die Thoren ihm nicht;
Doch wußten nur Wenige, denen er hold,
Daß im hölzernen Stabe gediegenes Gold,
Daß heimliche Kraft in dem hölzernen Stab,
Zu erhellen mit Lichte des Himmels das Grab.
Nun ruhet er selbst in der kühlen Gruft,
Bis die Stimme des höheren Erweckers ihn ruft:
O, gönnt ihm Ruh' in dem heiligen Schrein,

Und sammelt die Ernten des Sämanns ein.
Er sä'te das Wort und sein Leben war Frucht,
Er führte lächelnd zu heiliger Zucht.
O, spendet ihm Blumen auf's einsame Grab,
Und schauet getrost in die Ruhstätt' hinab!
Und begrüßet mit Wünschen sein trauliches Weib,
Die zartere Seel' in dem zarteren Leib;
Die, mit ihm in heiliger Liebe gepaart,
In Thränen der großen Vereinigung harrt.

Diese seine Rebecca, seine Stütze und seine Freude, starb am 26. Juli 1832.

In demselben Verlage sind erschienen:

Deinhardt, Dr. J. H., Der Gymnasialunterricht nach den wissenschaftlichen Anforderungen der jetzigen Zeit. 8°. 1837 . . Thlr. 1. 15 Sgr.
————————— Der Begriff der Seele mit Rücksicht auf Aristoteles. 4°. 1840 Thlr. —. 10 Sgr.
————————— Beiträge zur religiösen Erkenntniß. 8°. 1844 . . . . . Thlr. —. 20 Sgr.
Claudius, Matthias, Das heilige Abendmahl. 8°. 1809 Thlr. —. 7½ Sgr.
————————— An den Nachbar mit Rath: „Sendschreiben an den Herrn Grafen Friedrich Reventlow." Von einem Holsteiner. 8°. 1805 Thlr. —. 3 Sgr.
————————— An meinen Sohn H . . . 8°. 1799 Thlr. —. 2½ Sgr.
————————— Auch ein Beitrag über die neue Politik, herausgegeben von Asmus. 8°. 1798 Thlr. —. 10 Sgr.
————————— Fenelon's Werke religiösen Inhalts. 3 Thle. 8°. 1823 . Thlr. 2. 20 Sgr.
————————— Einfältiger Hausvaterbericht über die christliche Religion an seine Kinder. Nach der heil. Schrift. 8°. Thlr. —. 10 Sgr.
————————— Urian's Nachricht von der neuen Aufklärung, nebst einigen anderen Kleinigkeiten von dem Wandsbecker Boten. 8°. 1797 . . . . . Thlr. —. 2½ Sgr.

Claudius, Matthias, Werke (Asmus omnia sua secum portans, oder sämmtliche Werke des Wandsbecker Boten). Mit vielen Kupfern und Holzschnitten nach Chobowiecki:

Sechste Auflage, in Stereotypen 8 Thle. in 4 Bdn. 1841 . Thlr. 4. 25 Sgr.

——————————— Dasselbe auf Velin-Papier
Thlr. 7. — Sgr.

Herbst, Dr. Wilhelm, Matthias Claudius, der Wandsbecker Bote. Ein deutsches Stillleben. Mit dem Bildniß von Matthias und Rebekka Claudius. Dritte vermehrte Auflage 12°. 1863 . . . . . Thlr. 1. 22 Sgr.

Unter der Presse befindet sich:

Claudius, Matthias, Werke (Asmus omnia sua secum portans, oder sämmtliche Werke des Wandsbecker Boten). Mit vielen Kupfern und Holzschnitten nach Chobowiecki. 8. Original-Auflage. Wohlfeile Ausgabe 12°. 1865.